Jennifer Moore-Mallinos / Gustavo Mazali

Un montón de Sentimientos
¿Qué significan?

- Me siento calmada, 4
- ¡Mi perro está juguetón!, 6
- ¡Me siento cómoda!, 8
- ¡Soy un oso gruñón!, 10
- El señor Perezoso se siente vago, 12
- ¡Mike siente expectación!, 14
- ¡Estoy muy decepcionado!, 16
- Estoy muy orgulloso, 18
- Me siento segura, 20
- ¡Culpable!, 22
- ¡La Madre Naturaleza hoy se siente alegre!, 24
- ¡Los celos no son buenos!, 26
- La nerviosa Nelly, la cervatilla asustadiza, 28
- Tan tenso como una cinta elástica, 30
- A veces estoy preocupada, 32
- Es tan frustrante, 34
- Mi osito se siente querido, 36
- La bola del terror, 38
- ¡Sentirse eufórico es tan emocionante!, 40
- No me gusta sentirme arrepentida, 42
- Me siento avergonzado, 44
- ¡El payaso ridículo!, 46

- Me siento impaciente, 48
- El señor Tímido, 50
- ¡Estoy confundido!, 52
- La solitaria ciudad fantasma, 54
- Nadar con miedo, 56
- Sentirse animado, 58
- Sentirse desanimada, 60
- La tetera furiosa, 62
- El travieso Ricky, 64
- Me siento my agradecida, 66
- ¡Me siento valiente!, 68
- Estoy desconsolado, 70
- El abusón del colegio me hace sentir intimidado, 72
- ¡Me aburro!, 74
- El viento se siente poderoso, 76
- Tan satisfecho como mi hermano pequeño durmiendo, 78
- La araña se siente muy diligente, 80
- A veces mi tortuga quiere estar apartada, 82
- Torpe, 84
- Me siento fatal, 86
- ¡Lo siento!, 88
- ¡Mi hermana pequeña es muy curiosa!, 90
- ¡Emociones, emociones, emociones!, 92
- ¿Cómo te sientes hoy?, 94

Me siento calmada

Sientes calma cuando tu cuerpo está quieto y tus pensamientos están tranquilos, **como flotando en una nube.** A veces, cuando mi corazón late con fuerza y mi cuerpo está tenso, tengo que respirar hondo tres veces cogiendo el aire por la nariz y soltándolo por la boca. Cuando mi respiración se hace más lenta, mi voz es suave y mis piernas están relajadas: me siento tranquila.

Estar sentada junto a un fuego acogedor o mirar las estrellas hace que me sienta calmada. Ahhh.

¡Soy un oso gruñón!

A veces, cuando **estoy de mal humor,** mi madre dice que soy un oso gruñón. Cuando me siento así, **puedo estar irritable y antipático.** A veces, incluso puedo refunfuñar, enfadarme y decir cosas feas, y eso no está bien. Ya sé que todo el mundo se pone de mal humor de vez en cuando, pero lo que importa es cómo te comportas cuando estás así. Quedarme solo en un sitio tranquilo o salir a dar un paseo me ayuda a librarme del oso gruñón que tengo dentro.

¿Qué haces tú cuando estás irritado y de mal humor?

El señor Perezoso se siente vago

¿Sabes que el señor Perezoso siempre se siente vago? Es lento y pausado y **lo único que quiere es tumbarse y no hacer nada.** A veces, cuando el señor Perezoso se siente flojo y se tiene que levantar y mover, le cuesta muchísimo sacar la energía que necesita para hacer cualquier cosa. No pasa nada si de vez en cuando no tenemos ganas de hacer algo y nos sentimos vagos, pero cuando hay que activarse, hay que activarse.

¿Te sientes vago alguna vez?

¡Mike siente expectación!

Mike se emociona cuando gira la manivela de Jack y la música empieza a sonar. Mike se siente expectante mientras espera que Jack salte de su caja. La expresión de sorpresa de Mike cuando Jack sale disparado de su caja, volando por los aires, hace reír a todos. La sensación de expectación es la misma que sientes **la noche antes de tu fiesta de cumpleaños,** cuando no puedes esperar para abrir tus regalos.

¡La expectación es muy divertida!

¡Estoy muy decepcionado!

¿Alguna vez has deseado con todas tus fuerzas hacer algo y, por alguna razón, no has podido hacerlo? La emoción que experimentas cuando esto sucede se llama "decepción". Yo me sentí muy decepcionado un día en que mi mejor amigo y yo pensábamos ir al parque, pero **no pudimos ir porque hubo una gran tormenta.** Sin embargo, en lugar de ponernos tristes y enfadarnos, pensamos en otra cosa divertida para hacer.

¿Tú qué haces cuando te sientes decepcionado?

Estoy muy orgulloso

Mi coche de carreras, con su pintura rojo brillante, está esperando a que baje la bandera para que empiece la carrera. ¡Allá van! Mi coche vuela por el circuito e **intenta ganar con todas sus fuerzas.** Después de cuatro vueltas, ¡mi coche gana la carrera! ¿Alguna vez has intentado hacer algo con muchas ganas y lo has conseguido? Eso es exactamente sentirse orgulloso. Con una brillante medalla de oro, me siento orgulloso.

¡Hurra, lo conseguí!

Me siento segura

Mi madre y mi padre hacen que me sienta segura **porque siempre están ahí cuando los necesito.** Me cuidan cuando estoy enferma, me dejan que me meta en su cama cuando he tenido una pesadilla y estoy asustada, y cuando vamos en el coche, siempre se aseguran de que tenga el cinturón bien puesto.

¿Qué hace que te sientas seguro?

¡Culpable!

¿Alguna vez has hecho algo que sabías que no debías hacer, como contar una mentira? Después de hacerlo te sientes mal. Cuando pillamos a mi perrito haciendo algo que sabe que no debería hacer, como morder mis zapatos, se siente culpable. Me mira con los ojos muy abiertos, agacha las orejas y esconde el rabo entre las patas. Sentirse culpable no es agradable, por lo que, si alguna vez te sientes así, intenta hacer las cosas bien.

¡Y no volver a repetirlo!

¡La Madre Naturaleza hoy se siente alegre!

Cuando brilla el sol, hay una brisa cálida y los pájaros cantan, sabemos que la Madre Naturaleza está alegre. Y cuando la Madre Naturaleza está alegre, hace que todo el mundo se sienta feliz y libre como una nube esponjosa flotando en el cielo. La alegría es una emoción positiva, así que lo mejor es **encontrar cada día algo que te haga estar alegre y feliz.**

¡Sonríe!

¡Los celos no son buenos!

Cuando alguien tiene algo que tú quieres y no tienes, te sientes celoso. Yo estaba deseando sacar un 10 en mi examen de lengua, pero saqué un 8 y mi amigo un 10. Esto hizo que me sintiera muy celoso. ¿Sabías que, a veces, cuando alguien se siente furioso y celoso puede hacer y decir cosas feas? Los celos no son buenos y **nunca está bien hacer algo malo a otra persona.**

¡Disfruta de lo que tienes y no te preocupes por lo que no tienes!

La nerviosa Nelly, la cervatilla asustadiza

¿Sabías que los cervatillos pueden sentirse asustadizos? ¿Has visto alguna vez una cría de ciervo que parece un poco asustada corriendo de un árbol a otro para intentar esconderse, sobre todo cuando hay gente alrededor? Cuando Nelly está en el prado y oye cualquier ruido, se siente inquieta y un poco nerviosa. **Entonces corre todo lo rápido que puede hasta donde está su madre.** Estar junto a su madre hace que Nelly se sienta mejor.

¿Y a ti? ¿Qué hace que sientas desconfianza?

Tan tenso como una cinta elástica

¿Alguna vez has intentado estirar una cinta elástica y por mucho que has estirado la cinta estaba tan apretada que no se podía estirar? A veces, cuando me siento tenso y estresado **mis músculos se ponen duros y rígidos.** Esto me suele pasar cuando voy al dentista y tengo un poco de miedo y estoy nervioso.

Respirar hondo me ayuda a relajar los músculos.

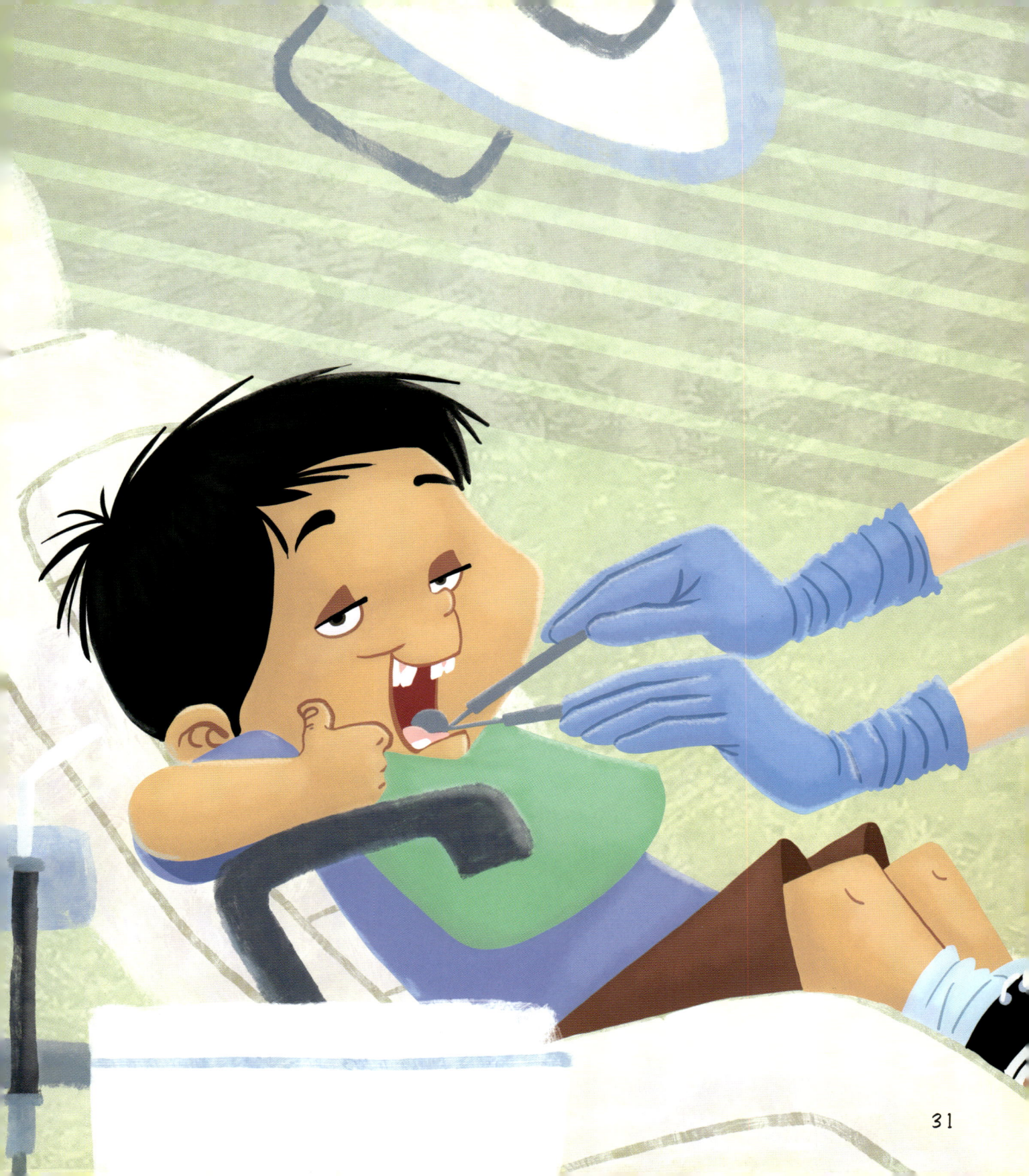

A veces estoy preocupada

Cuando estoy preocupada y no puedo dejar de pensar en algo, como por ejemplo en cómo me saldrá el próximo examen de matemáticas o qué pasará cuando mi hermano descubra que he roto su bici. **Me doy cuenta de que tengo que hacer algo para arreglar las cosas.** Sentirse preocupado, nervioso y asustado no es agradable, pero sé que si estudio más y digo la verdad, la mayoría de mis preocupaciones desaparecerán.

¿Hay algo que te preocupe?

Es tan frustrante

¿Alguna vez has intentado con todas tus fuerzas hacer algo y no has podido? Eso es lo que sucede cuando **la peonza, también conocida como trompo, intenta girar pero un momento después cae al suelo.** Puede hacerte sentir tan frustrado y enfadado que quieras rendirte, pero no olvides que si lo sigues intentando es posible que lo consigas.

¿Te acuerdas de alguna vez en la que te sintieras frustrado por algo y quisieras dejar de intentarlo?

Mi osito se siente querido

Cuando cuido a mi osito y le doy muchos abrazos, él se siente querido. Pasar tiempo con mi osito y **asegurarme de que tiene todo lo que necesita le hace sentirse contento y feliz.** Esta emoción agradable y sincera es la misma que tienes tú cuando sabes que te quieren. Es muy bonito saber que alguien se preocupa por ti.

¿Quién hace que te sientas querido?

La bola del terror

La sensación de terror es un conjunto de emociones malas. **Es como sentirse muy asustado, muy preocupado y muy nervioso** todo metido en una bola gigante. A veces me da miedo ir a la cama durante una tormenta. Cada vez que veo los relámpagos y siento el estruendo del cielo, mi corazón empieza a latir con rapidez y empiezo a sudar. A veces, la única forma de dejar de temblar es esconderme bajo mis mantas.

¿Hay algo que te haga sentir terror?

¡Sentirse eufórico es tan emocionante!

Un día soñé que era una estrella de *rock* y que cientos de personas habían ido a oírme cantar. **Cuando salí al escenario, la gente se volvió loca.** Estaban muy emocionados y muy contentos. Gritaban, aplaudían y saltaban. La sensación de euforia es muy intensa.

¿Alguna vez te has sentido tan emocionado que parecía que fueras a explotar?

No me gusta sentirme arrepentida

Es una sensación muy desagradable saber que te has equivocado, como al echar la culpa a una amiga por hacer algo que en realidad no ha hecho y crearle problemas por eso. No te sientes bien cuando **todo lo que quieres es esconder la cabeza** de lo triste que estás por lo que has hecho.

A veces, decir que lo sientes y que nunca volverás a hacerlo puede arreglar las cosas.

Me siento avergonzado

Nunca olvidaré la vergüenza que pasé cuando bajé tan rápido por un tobogán de agua que se me rompió el bañador. Cuando salí de la piscina, **mi cara estaba roja y caliente.** Me sentí incómodo intentando tapar el agujero de mi bañador y lo único que quería era esconderme. Lo más gracioso de todo es que nadie se dio cuenta de que tenía un agujero, solo yo.

¿Has sentido vergüenza alguna vez?

¡El payaso ridículo!

¡Los payasos siempre hacen el ridículo! Hacen cosas graciosas para hacernos reír, como tropezarse con sus grandes zapatos, llevar ropa de muchos colores y poner caras divertidas. Cuando tengo ganas de hacer el tonto es **como si tuviera una burbuja dentro de la barriga** y, cuando esa burbuja estalla de repente, me entra una risa tonta y me pongo a bailar como un loco.

Está muy bien hacer el tonto de vez en cuando.

Me siento impaciente

Cuando tengo prisa y todos los otros niños de la fila se mueven lentamente me siento enfadado e irritado. Cuando esto pasa, doy un pisotón y ¡siento ganas de gritarle a todo el mundo que avance!

A veces cuesta mucho esperar.
¿Qué hace que te sientas impaciente?

El señor Tímido

¿Alguna vez has ido a algún sitio nuevo que estuviera lleno de gente que no conocías y de repente has tenido ganas de esconderte debajo de una mesa? Cuando conozco a una persona nueva y me dice: "Hola", me quedo muy callado, miro hacia otro lado y, **algunas veces, incluso intento esconder la cara.** Cuando me pasa esto, mi madre dice que me estoy portando como el señor Tímido.

¿Qué hace que te sientas tímido?

¡Estoy confundido!

¿Alguna vez te ha pasado que no sabías **lo que hacías o a dónde ibas** y que cuanto más intentabas aclarar las cosas todo se ponía peor? A veces me siento confundido cuando conduzco mi tren eléctrico y hay demasiadas vías para escoger. Me confundo y nunca sé qué vía escoger porque cada una va en una dirección diferente. Cuando estoy realmente atascado y no sé qué hacer, le pido ayuda a mi hermano.

Porque todos necesitamos un poco de ayuda para aclarar las cosas.

La solitaria ciudad fantasma

Todo está solitario y no hay nadie a la vista. Ni un sonido de pasos en la ciudad. **Todo está en silencio y oscuro, y la sensación que tienes no es muy agradable.** ¿Sabías que puedes sentirte solo incluso cuando estás rodeado de un montón de gente? A veces, cuando me siento solo, llamo a un amigo o pido a mis hermanos que jueguen conmigo.

¿Qué cosas puedes hacer cuando te sientes solo?

Nadar con miedo

¿Has intentado alguna vez aprender algo que te haga sentir asustado? Aprender a nadar me asustó mucho. Al principio, cuando me acercaba al agua, como en una piscina o una playa, mis ojos se ponían muy grandes. **Lloraba y solo quería correr muy lejos.** ¿Pero sabes que es normal asustarse al aprender cosas nuevas? ¿Y sabes algo? Me tomó algo de tiempo y practiqué mucho con mi profesor de natación pero ahora me gusta mucho nadar. ¡Vencí a mi miedo!

¿Hay algo que te dé miedo?

Sentirse animado

¿Has visto alguna vez un gatito que esté sentado tranquilamente? ¡Yo tampoco! Los gatitos siempre están moviéndose, corriendo sin parar, intentando cogerse la cola, echándose encima unos de otros y peleándose. Algunas veces, cuando los gatitos están tan animados y llenos de energía, pueden hacer alguna travesura, como enredarse en un ovillo de lana.

¡Los gatitos solo quieren jugar! ¡Sentirse animado es una sensación muy agradable!

Sentirse desanimada

Hay días fríos y lluviosos en los que no hay nada que hacer y me siento desanimada. **No tengo energía, estoy cansada y lenta.** No es que esté contenta o triste, solo que me siento desanimada. La mejor forma de librarse de esta sensación de monotonía es levantarse y ponerse en marcha. Quizá llamar a un amigo o coger un buen libro.

No importa lo que sea, lo importante es empezar a hacer algo.

La tetera furiosa

¿Has visto alguna vez una tetera o una olla de presión hirviendo? Está tan caliente que arde echando vapor por todas partes y parece que la tapa va a saltar por los aires. Sentirse furioso es un problema y es más grave que simplemente estar enfadado. **Parece que vas a explotar.** Nosotros no podemos dejar de hervir, pero tenemos que parar de alguna forma. Prueba con respirar profundamente unas cuantas veces para relajarte.

No podemos resolver ningún problema cuando estamos tan llenos de ira.

El travieso Ricky

A Ricky el mapache le encanta explorar, pero **algunas veces su curiosidad hace que se meta en líos,** especialmente cuando quiere descubrir los deliciosos tesoros que oculta el cubo de la basura. Cuando Ricky se porta mal y vuelca el cubo, se siente alegre, atrevido y un poco travieso, todo al mismo tiempo.

¿Te has sentido travieso alguna vez?

Me siento muy agradecida

Cuando llevo a mi osito Teddy al colegio, me siento tan feliz y aliviada de llevarlo conmigo porque entonces no estoy sola. Estoy agradecida de verlo acurrucarse dentro de mi mochila mientras vamos en el autobús. ¿Alguna vez te has sentido tan contento de tener algo que no podías parar de decir "gracias"? **Sentirse agradecido es muy agradable.**

Es importante demostrar el agradecimiento con un abrazo, un "gracias" o incluso con una nota especial.

¡Me siento valiente!

¿Alguna vez has tenido que hacer algo que te asustaba pero sabías que hacerlo era lo correcto? Así es como te sientes cuando eres valiente. Recuerdo cuando perdí la horquilla favorita de mi hermana. Necesité mucho valor para contarle lo que había pasado. Mi hermana estaba triste por perder su horquilla, pero se alegraba de que le hubiera contado la verdad.

¿Alguna vez has tenido que hacer algo realmente duro pero que sabías que había que hacer?

Estoy desconsolado

¿Alguna vez te has sentido tan, tan triste que parecía que tu corazón se fuera a romper? ¡Eso duele! Recuerdo cuando mi perro Rusty se puso malo y no mejoró. Estaba muy afectado y pensaba que nunca más iba a poder sonreír. Cuando mis amigos intentaban que me sintiera mejor, no importaba lo que hicieran o dijeran, nada funcionaba. **Estaba totalmente destrozado y no podía dejar de llorar.** Cuando pasó el tiempo empecé a sentirme mejor.

Nunca olvidaré a Rusty y lo desconsolado que me sentí cuando se fue.

El abusón del colegio me hace sentir intimidado

Todos los días, a la hora de comer, Billy el abusón se acerca a mi mesa y me lanza **una mirada de malo que asusta** porque quiere que le dé las galletas que he llevado al cole. Yo no quiero dárselas, pero Billy me molesta y me amenaza, sobre todo cuando me mira fijamente y me habla con esa voz de malo. Sentirse intimidado no es agradable.

Es una emoción que te avisa de que tienes que pedir ayuda a un adulto.

¡Me aburro!

Todos nos aburrimos de vez en cuando. Sabes que te sientes así cuando no hay nada que hacer y **nada parece interesante o entretenido,** y entonces todo lo que puedes decir es: "Me aburro". Es el momento de encontrar algo que hacer. ¿Sabías que estar aburrido es una gran oportunidad de probar cosas nuevas?

Lo más curioso es que en cuanto empiezas a hacer algo se te olvida que antes estabas aburrido.

El viento se siente poderoso

El viento se sentía poderoso e invencible mientras aullaba a través del desierto llevándose todo por delante excepto un árbol alto. **Aquel árbol se mantenía seguro con sus largas raíces creciendo fuertes y firmes bajo el suelo.** No importaba la fuerza con que soplara el viento, el árbol no se movía. El árbol también se sentía fuerte y confiado.

¿Cuándo te has sentido fuerte, valiente y poderoso?

Tan satisfecho como mi hermano pequeño durmiendo

¿Alguna vez has visto a un bebé durmiendo? Cuando mi hermano duerme **parece muy tranquilo y feliz.** Justo antes de acostarse mis padres lo bañan y le dan el biberón. Después se acurruca cómodamente en su cuna. Abrigado y con la barriga llena, mi hermano se siente satisfecho. Tiene todo lo que necesita y mucho amor.

¿Qué hace que te sientas satisfecho?

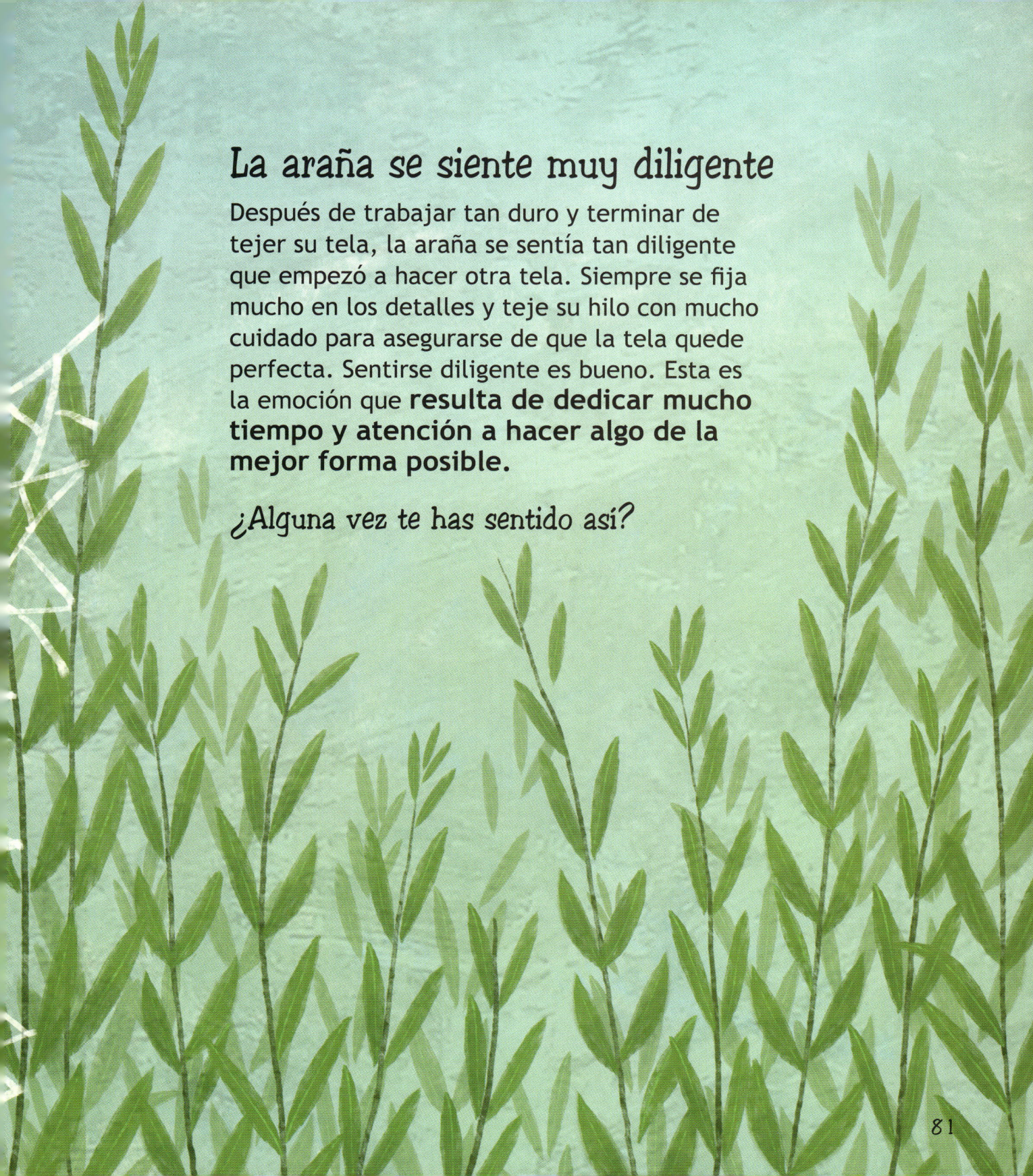

La araña se siente muy diligente

Después de trabajar tan duro y terminar de tejer su tela, la araña se sentía tan diligente que empezó a hacer otra tela. Siempre se fija mucho en los detalles y teje su hilo con mucho cuidado para asegurarse de que la tela quede perfecta. Sentirse diligente es bueno. Esta es la emoción que **resulta de dedicar mucho tiempo y atención a hacer algo de la mejor forma posible.**

¿Alguna vez te has sentido así?

A veces mi tortuga quiere estar apartada

Yo sé cuándo mi tortuga Chipper quiere estar sola y alejarse de la gente porque se mete en su caparazón. Cuando quiere estar en silencio y apartada, se queda ahí hasta que tiene ganas de jugar otra vez. Al principio no entendía que Chipper no quisiera ser mi amiga, pero ahora sé que **le sienta bien pasar un rato sola.**

Cuando esté preparada, saldrá de su caparazón.

Torpe

¿Alguna vez has probado hacer algo nuevo y te has sentido un poco torpe? Recuerdo el primer día que fui a aprender a patinar y todo era nuevo. Me sentía extraño con los patines en los pies. Ya era difícil mantenerse de pie con ellos puestos, así que cuando empecé a avanzar estaba seguro de que me iba a caer. **Después de practicar mucho todo empezó a ser más fácil,** fui mejorando y ahora me encanta patinar.

¿Alguna vez te has sentido torpe al empezar a hacer algo nuevo?

Me siento fatal

¿Alguna vez has comido demasiados caramelos y después te has sentido fatal? Esto me pasó una vez y no solo me sentí mal por comerme todos, sino también por no haber hecho caso a mi madre. **Sentirse tan mal por hacer algo que sabías que no debías hacer** es muy desagradable. La próxima vez será mejor escuchar lo que dice mamá.

¿Alguna vez te has arrepentido de haber hecho algo que sabías que no debías hacer?

¡Lo siento!

¿Alguna vez has hecho algo que no querías hacer? Una vez tropecé sin querer con la torre de Lego de un amigo y la rompí. **Destrozar la torre de mi amigo me hizo sentir triste porque había herido sus sentimientos.** Le dije que lo sentía mucho y que tendría más cuidado la próxima vez.

Después le ayudé a reconstruirla para que quedara como antes.

¡Mi hermana pequeña es muy curiosa!

¿Alguna vez has visto a un bebé investigándolo todo? A mi hermana pequeña le encanta aprender sobre el mundo que la rodea. Se pone a gatear abriendo los ojos para explorar. Cuando siente mucha curiosidad usa las manos para tocar las cosas, la nariz para oler e incluso a veces se lleva algo a la boca. Sentir curiosidad nos ayuda a aprender, y ya sabemos que **¡aprender cosas nuevas siempre es divertido!**

¿Tú eres curioso?

¡Emociones, emociones, emociones!

¿Sabías que todos experimentamos emociones? Las hay buenas, como la felicidad, la sorpresa o el entusiasmo, y también desagradables, como la tristeza, la rabia o la frustración. ¡Aprovecha cuando tengas buenas emociones! Y cada vez que tengas una emoción desagradable significará que tienes un problema que resolver para sentirte mejor.

Pero te sientas como te sientas, esa emoción es tuya.

¿Cómo te Sientes hoy?

Un montón de Sentimientos
¿Qué significan?

Texto: Jennifer Moore-Mallinos

Ilustraciones: Gustavo Mazali

Diseño y maquetación: Estudi Guasch, S.L.

Publicado por: Plutón Ediciones X S.L,

España - Spain 2017

Segunda Edición: 2019

www.plutonediciones.com

ISBN: 978-84-17079-47-5

Depósito Legal: B-22552-2017

© Gemser Publications, S.L.
Impreso en China

Reservados todos los derechos. Prohibida la reproducción total o parcial de esta obra mediante cualquier medio o procedimiento, comprendidos la impresión, la reprografía, el microfilm, el tratamiento informático o cualquier otro sistema, sin permiso escrito del propietario de los derechos.